옷 벗기는 남자

이영신 시집

시인의 말

사방 천지에 널린

언어를

벗 삼아서

담담하게

찬찬히

나아가기를.

보석 같은 가족들, 고맙다.

2025년 1월

이영신

차 례

제2부

제3부

제4부

제1부

산골짜기 고시원

수북이 쌓여 얼어붙은 눈 위에

한 짐승이

앞을 향해 걸어가며 발자국을 찍어놓았다

갑작스레 길이 막히고

어지럽게 사방으로 찍힌 발자국들

밥 끼니 때우려고

갈팡질팡 애달픈 흔적을

송곳으로 이름 새기듯이 남겨놓았다.

쪽방, 그 사람이

떠나간 것처럼.

도심의 날품팔이

먹빛의 까마귀 두 마리

신호대기에 걸려 옴쭉달싹 못하는

음식물쓰레기를 가득 싣고서 달리던

큼지막한 트럭에 용케 올라타고는

먹거리를 챙기느라 여념이 없다

트럭이 슬슬, 움직이자

발을 뺄까 말까, 뺄까 말까…

몇 바퀴 굴러가자

냉큼, 털고는 전봇대 위로 휘익 날아간다

일당은 그런대로 채운 모양이다.

오디

눈밭 속에 호호 손 불며 발 부비며
추위에 떨더니 어느 사이에
기름진 봄비로 온몸 휘감은 채
낯선 대처 가게에 자줏빛 열매로
어린 아가들 가지런히 누워 있구나
봄볕을 품에 가득 안고
향그럽게
달려왔구나

젖줄

아직도 찬바람이 시리기만 한데

쉼터 의자 아래 새끼손톱만 한 공간에

꽃다지, 좁쌀냉이, 지칭개

오종종히 모여 햇빛을 받아먹느라 안간힘이다

이름도 각각, 지나온 이력도 제각각

아프고 어두운 이력을 굳이 들춰낼 리는 없건만

흙이 젖줄을 대어주며 엄마 노릇을 한다

숨 가쁘게 내어놓는 초록 기운 안에는 젖엄마가 있다.

지룡거사地龍居士

봄비가 쏟아진 뒤

천지사방이 환하게 빛나는 아침

땅속 세상 씨앗들 뿌리들 잘 자라라

밤낮으로 흙 일구며 애쓰던 지렁이

숨 한 번 크게 내쉬며 보송보송한 몸을

간수하려다 햇살에 그만 빳빳해졌네

가느다란 몸뚱이로 소리라도 내지르던 참이었을까

무겁구나 나뭇가지 같은 허접한 몸뚱이

목숨값이, 무겁구나

돌덩어리구나

만원 버스

화개장터행 버스가

정금마을 입구에 서자

산나물을 한가득 담은 커다란 비닐봉지가

올라오더니

머뭇머뭇 등이 잔뜩 굽은 노파가 올라탄다

부릉부릉, 버스는 아직도 시동을 켠 채로

한참을 기다리며 서 있다

십 리 벚꽃길 향기도 태우고

졸졸졸, 흐르는 개울물 소리까지

마저 태우고 떠날 기세이다.

성장기

봄 숲에 드는 순간
쭈욱 뻗어 올라간 곧은 다리
보얗게 팔목을 드러낸 연초록 잎들을 보며
이팔청춘 나무들이라 이름 부르고 싶어졌다

장마가 휩쓸고 간 뒤
햇빛에 그을리며 다리에 근육이
야무지게 붙을 때쯤이면
사랑의 감미로움에 눈을 뜨고
이별의 뜨거운 번갯불이라도 한바탕 맞고 나면
더더욱 고요해질까

아픈 성장통을 아직은 까마득히 짐작조차 못 하는
싱그러운 봄 숲의 나무들
지극히 아름다운 이팔청춘 나무들,
가만히 불러보았다.

대절 버스

연신내발 우이동행 버스에 오르니 자리가 텅 비었다
야채가게에서부터 손잡고 따라온 까만 비닐봉지도
한 자리를 차지했다
유독 햇빛에 녹색으로 그을린 깻잎이 맘껏
냄새를 풍겨도 나무랄 이 없다
오돌토돌 살이 오른 오이가 다리를 쭉 뻗은들
뭐라 할 이가 없다
다음다음 번 고려대역쯤에서 새파란 청년이
올라탄다면
아마도 알아서
깜냥껏 까만 비닐봉지에 고갤 들이밀겠지
앞자락 여미고도 나붓나붓 곁눈질하겠지!

난다 긴다 하는 선수들

다 모여 봐라 어디 한 판 붙어봐라

목 조르고 발로 차고 비틀고 깨끗이

뽑아 잡초씨를 말려 볼 테냐

짓밟아버릴 자신 있는 자

녀석의 뒷심에 나가떨어지지 않을 자 어디에?

천년만년 살듯이 질기게 기어오르는 녀석

코 납작하게 해 줄 선수는 누구?

역지사지易地思之

우람한 소나무가 흠뻑 젖었다
사흘 내리쏟아진 폭우를 꼼짝없이 맞았다
장마 백신을 미리 맞았다
몸통이 다 젖어내려 발목까지 퉁퉁 불어서
오한이 들었다
진땀을 흘리고 내내 떨다가 한잠 자고 나서
한결 개운해졌나 보다
천둥번개에 쓰러질까 걱정한
저 소나무,
미리 예방 백신을 맞느라 혼쭐났겠다.

보고픈 엄마

양양 바닷가에 사는 금강소나무는 덩치가 우람하고

나이가 많은데도 엄마가 있다 아플 때엔 몸을

만져주고 무더운 여름날엔 밤새 부채질을 해주는

해풍 엄마가 있다

뭔가 거슬리면 느닷없이 화를 내며 후려치는 바람에

소나무는 아무 소리도 못 하고

몇 날 며칠을 끙끙 앓는 소리를 한다지만,

그런 엄마가 있었으면 좋겠다

다 늙은, 나를 혼내주고 잔소리도 해줄 그런

엄마가 나에게도 있었으면 좋겠다.

도깨비바늘

역마살을 타고났다는 것은 떠나지 않고는 못 배기는 액운, 유랑방랑 떠돌이 운수를 타고났다는 말이겠지 뾰족한 성깔을 못 이겨 바늘 끝을 치켜들고는, 불구덩이에라도 뛰어들 기세에 '홍분'이란 꽃말까지 낙인을 껴안고 말이지 하필이면 남쪽으로 갈지 동쪽으로 갈지 서성이는 나에게 바짝 달라붙어서 애걸한단 말이지 막무가내로 죽을 듯 살 듯 매달린다는 말이지 어지간하면 맘 잡고 맘 다스리면서 지난 여름날에 그러하였듯이, 예쁜 꽃 피워보란 말을 하고 싶단 말이지. 천연스레! 천연스레 너를 빼닮은 노랑꽃이나 송이송이 잘도 피워보란 말이지

오늘은 비겼다

해님이 산등성이에 다다르자

연화봉과 구름 사이에 실랑이가 벌어졌다

연화봉은 해님을 머리에 이려고 안간힘을 쓰고

구름은 꽉 붙들고 절대로 놓지 않으려고 한다

둘 사이에 끼어서 해님은 점점 애가 탄다

숲도 산짐승들도 넋을 놓고 구경만 하고 있다

당기고 밀던 사이에 미끄덩, 빠져나가

해님이 하늘로 높이 달아났다

이래저래, 구름이나 연화봉이나 힘에 부친다

오늘은 비겼다.

중복 때

폭염에 짓눌려서 어느 누구 하나

나서질 못한다

바람은 아예 새벽부터 바짝 엎드렸다

심심한 노랑나비가 참다못해

두 날개 팔랑거리며

여기저기 돌아다니다가 바람을 찾아내었다

더듬이로 간질이다가

바람의 코끝을 살짝 깨물었다

휘익! 숨통이 터졌다

바람이 분다.

햇빛 아침

언제쯤 문이 열리려나
'임대'라고 붙은 가게 유리창의
붉은색 광고 문구가 낡아간다

바람결에 해산물 가게가 온다더니
이제나저제나 기다려도 감감소식이 없다

바다를 향한
꿈틀거리는 꽃게의 그리움
가리비 새우가
비릿한 해초 내음을 물씬 풍길 듯하다
사라지고는

매일매일 기다리다가 지쳐
오늘은 도로변에 사는 화살나무가
유리창 빛살에 얹혀 들어가더니
뒤따라 활짝 핀 사피니아 꽃
탁자 위에 살포시 올라앉아 있구나

주인이 따로 없구나

참새 방앗간

미아리 텍사스촌에는
「성인 외 출입 금지」라고 적혀 있다
CCTV가 있고 때에 절은 가림 천막이 쳐져 있다
대낮엔 인적이 아예 없다
글자를 읽을 줄 모르는
참새들만 신바람 났다
널찍한 마당을 독차지하고서
놀다 지치면 마당 가엔 먹거리도 쏠쏠하다
이곳은, 날마다 소풍날
글자를 모르는 새들만 겁 없이 잘 살고 있다.

짝

개운산 아래

반지하방 문 앞

손수레 위에 폐박스들이 수북하게 쌓여 있다

할퀴고 찢기고 구부러진 박스들,

창문틀엔 반쯤 내려진 망사 천을 배경으로

금잔화가 철없이 활짝 웃고 있다

재롱둥이!

노인네, 외톨이가 아니었네?

연민

부동산 중개업소가 다 쉬는 날
늙은 사내가 가까스로 한 곳을 찾아내고는
문을 삐죽이 밀고서 묻는다
월세방 나온 거, 한 칸짜리 있어요?
숨을 몰아쉬며 묻는다

바싹 마른 갈퀴 손가락
숱이 빠진 머리칼
가게 문을 맥없이 놓고 돌아섰다

깜박, 졸던 탁자 위의 산국화 향기가
늙은 사내의 등 뒤로 뜬금없이 따라나섰다

집

이제는 인사동 골목으로 밀려난 골동 가게들,

눈요기하며 걷다가

문득 글자 한 글자의 집을 짓고 싶어졌다

수많은 숨결과 손길, 넋이 굽이치며 흐르다가

호젓한 상채기로 남아 있는 흔적을 담고 싶어졌다

손톱으로 긁어보아도 드러나지 않고

껍질을 벗기고 물어뜯어도 옹이의 속내를

끝내 보이지 않는 아픔, 숨을 살살 불어넣어

얼어붙은

외통수를 가까스로 녹여내야만 할 시간들,

손, 눈, 귀, 넋, 혼…

옹이진

한 글자를 모셔다가 오롯한, 나의 집을 짓고 싶어졌다

앨프리드 히치콕의 새

영화 화면 속에서 놀던 새 떼들이
오늘 밤은 와룡산 기슭에 몰려들었다
사람들을 놀려먹고 혼쭐내던 새 떼들이
이제는 명륜서원에서 흘러나오는
단어 쪼아 먹기 놀이에 한창이다
공자 콕, 맹자 콕, 연암별 코콕
다산 율정별, 코콕 콕…
새들이 떠들썩하다
쪼아서 깨물어 보면 고소하다
쌉쌀한 맛도 색다르다고
신바람이 나서 지저귄다
여문 것을 쪼아 부리가 부러질 뻔도 했지만
이런 재미에 밤에도 공부를 하나 보다고
영화 속에서 놀던 새들이
지저귀며 울어대는 소리
밤 깊어가는 줄 모른다
엄청 시끄럽다.

제2부

별

죽을 둥 살 둥, 버려진 돌덩이를 깎아 피에타를 만든 그 남자, 몰래 사람들 이야기를 엿들었더니 엉뚱한 사람의 이름을 들먹이며 찬탄하는 거였지 '요것들 봐라' 뼈를 깎는 아픔을 딛고 완성을 했건만 '날 몰라준다 이거지'

한밤중 성당에 몰래 들어가 피에타에 매달려 마리아 님 허리띠에 보란 듯이 '피렌체 사람 미켈란젤로 부오나로티' 자기 이름을 새기곤 밖으로 나서자, 끝없는 하늘엔 별들이 총총, 은하수가 펼쳐지지만 그 어디에도 원작자 하느님 이름은 없었다는 거지. 그 남자, 그 뒤부터는 돌덩이에 숨은 것들, 돌옷만 벗기는 걸 평생의 업으로 삼았다지.

피아노 산책

그대의 건반 속을 따라 걷다가 맑은 시냇가가 나오면 얕은 물 속을 걷기도 하고 때로는 물장구치듯이 때로는 개헤엄을 치다가 돌 더미에 걸려서 휩쓸려 나가기도 했습니다 때로는 물이 되어 물 흐르듯이 흘러가 보고 징검다리를 펄쩍펄쩍 뛰어넘기도 하였습니다 순식간에 광풍이 몰아치다가 숨소리까지 멎을 듯한 정적, 그대가 빚어내는 안온한 숲에 앉아 깊은숨을 내쉬기도 하였습니다 그럴 때면 그대는 양복 안주머니에서 손수건을 꺼내어 땀을 여러 차례 닦기도 했답니다. 정녕 그대의 순수 무구한 마음은 어떤 빛깔이며 어느 곳까지 향할 것인지요.

천 년도 바로 지척인가요?

밤새 나일강과 함께 달리는 카이로발 아스완행 야간열차 진홍빛 히비스커스차를 마시고 침상에 들자마자 꿈속인 듯이 들리는 노랫소리, 누군가 차창 밖에서 시스트럼 악기를 연주하며 노래를 부른다 노랫소리에 강가의 종려나무가 잠들고 물결도, 기찻길 옆 당나귀도 잠이 든다 누군가 잠 속의 나의 발바닥을 간질이며 자근자근 만져준다. 어디만큼 온 것일까? 꿈인 듯 꿈결인 듯이 유리창에 어리는, 오천 년 전의 여인 네페르티티 왕비의 아름다운 모습, 투탕카멘이 여왕님의 아드님인가요? 사위님인가요? 뜬금없는 궁금증이 느닷없이 튀어나왔다. 수천 년의 시간도 바로 지척이라면, 꿈인 듯 꿈속인 듯이, 우리는 나뭇잎 하나로 빗방울 하나로 만났다 비껴가는 찰나의 존재들일까요? 묻고 싶었다.

사랑의 힘

어린 나이에 요절한 네페르타리 왕비가 지금도 영원한 삶을 누리고 있는 내력을 아는지요. 왕비를 잊지 못해 어떻게든 되살리려고 애쓴 사람이 남편인 파라오 람세스 2세라지요. 아내가 홀로 캄캄한 어둠 속 미로 같은 저승길을 갈 때 호위대를 붙여줘서 불길도 뚫으며 여러 관문을 쉽사리 통과하였지요. 그중 압권은 마지막 관문인 심장과 깃털의 무게를 다는 일, 네페르타리의 심장 무게가 깃털보다도 더 가벼워야 영생의 티켓을 거머쥐는 마지막 관문이 어디 쉬운 일인가요. 심판관 호루스 신이 깃털 쪽 저울대를 팔꿈치로 살짝 누른 것이 아니라면 그 엄정한 판결을 어찌 이겨냈을까요. 수많은 여인들을 다 뿌리치고 오로지 죽은 어린 왕비를 잊지 못하여 심혈을 기울인, 남자의 순정에 호루스 신도 눈감아주었겠지요. 그 덕으로 나도 멀고 먼 길을 달려가서, 아부심벨 소신전에서 아름다운 그녀를 만날 수 있었지요. 역시 사랑의 힘이 최고인 것 같습니다.

카이로의 제빵사

유리 진열장 저 안, 밀가루가 묻어 얼굴이 보얗게 된 청년이 치대는 밀반죽에서, 밀밭의 바람이 솔솔 불어온다 금색 햇살의 빛깔이 난다 나일강 물로 빚은 에이시빵 내음이 향긋하고 고소하다 한껏 숨을 들이켜는데, 갑작스레 청년의 눈꺼풀이 닫히고 양손이 움직이지 않는다 저만큼 떨어진 쿠푸왕의 태양선으로 숨어들어, 시리우스 별자리로 향하다가 온 것일까 깜박, 정신을 차린 청년이 다시 밀반죽을 하고 있다. 가라앉던 밀 향기들이 풀풀 날린다 온 사방에 빵 굽는 내음이 진동을 한다

고고학 박물관 앞에는 어느새 길게 늘어선 관람객의 물결, 그들을 위해 천 년 전의 나일강 물맛을 살린 빵을 바구니에 가득가득 채워 넣자면, 치장한 듯이 밀가루를 얼굴에 묻힌 청년은, 하루 온종일 허리 한 번 펴지 못하겠다.

돌아온 미인

한 마디 예고도 없이 삼천여 년을 지치지도 않고 기다리다가 사막에 네페르티티 여왕님이 나타났다 '아름다운 여자가 이제야 왔어' 모래알이 눈부신 하얀 마 드레스에 가만히 손을 대어 보며, 바람의 귀에 입을 대고 소곤거리는 소리, 바람이 공작석 팔찌를 만져보며, 파란 하늘과 새털구름에게 소곤거리는 소리가 삽시간에 다 퍼졌다. 헤아리기도 힘든 시간, 잠에서 깨어나자마자 물 한 모금 마시지 않고 시스트럼 악기를 탄다 사르르 사르르 모래알들이 노래를 한다 틀림없는 네페르티티 여왕님이다 나도 모르게 리듬에 흔들린다 돌아온 네페르티티와 내가 한 팀이 된다.

사순절 밤 미사

착한 목자회 수녀님이 앞에 나섰다 세상에서 내쫓긴 사람들 눈비 가릴 따뜻한 보금자리 세수도 하고 보송보송한 잠자리가 들어갈 집을 짓고 싶다고 도와달라는데 맨손으로 나왔다고 미안해하다가 노래 한 곡 불러드리겠다고 했다 성당 한 켠의 오르간도 잠잠하고 물을 끼얹은 듯 사방이 고요했다 수녀님은 노래를 불렀다 머리칼 한 올 흐트러지지 않고 오직 입만 벌려서 노래를 했다 입안에는 목구멍, 목구멍 아래엔 하루 밥 세 끼를 세금 받아내듯이 꼬박꼬박 챙기는 밥통, 그 아래에는 뱀 똬리 틀 듯이 지키고 있는 작은창자 큰창자 그저 냄새도 나고 그런 것들로 꽉 차 있을 텐데, 빈손으로 온 수녀님은 어디에 감춰 온 것일까 바짝 마른 몸뚱이 목구멍 어디에 그런 비장의 무기를 숨겨온 것인지 눈물이 끊임없이 흘러내려서 도무지 멈출 수가 없었다 조그마한 사람의 몸뚱이 그 알 수 없는 오묘한 세계를 알아낼 길이 없다.

먼 듯 가까운 듯이

종달리 산 28번지 용눈이오름에 사는 안개는 붙임성이 전혀 없다 오려면 오라지 가려면 가라지, 등을 내보이기 일쑤다, 그러려면 그러라지 반기거나 말거나 되는 대로 아무 데나 털썩 주저앉아서 먼데 저 멀리 수평선 숨죽인 파도의 등허리쯤인가 시선을 둔다 집을 나섰다가 영영 돌아오지 못한 사람들 그들이 그곳을 찾아갔으려니 꿈속 나라 이상향의 땅을 찾아갔으려니 철석같이 믿는 이어도를 그려본다 슬픈 눈물과 숨죽인 오열이 더해졌을 그 세상을 가슴에 새기다 보면 용눈이오름 안개는 저절로 먼저 다가온다 촉촉하게 젖어가는 마음을 덥혀줄 듯이 내 어깨를 감싸준다

다시, 유유상종

겨울 숲을 지나다가 촘촘히

공들여 엮어놓은 거미집을 만났지

등을 한껏 구부려 조심조심

슬그머니 지나려는데

나의 뒷목을 잡고는 한사코 놓지를 않았지

잎이 다 저버린 숲의 적막감을

모를 리는 없다만

군살이 붙은 나의 몸뚱이 어느 쪽으로 들어앉을까?

힘

줄곧 사흘 내리

비의 감옥에 갇혀

널브러져 있었지

밤낮을 가리지 않고 꽂아대던 비의 뾰족한

창끝이 사라지자 이제는 살았다고

바짝 치켜든 꽃 목덜미

붓꽃 천지

제대로 힘써 준 것은 해님 덕분이다.

물망초 술집

다 저녁때 어지간히 늙은

여자가 낡은 술집 문 자물쇠를 열자

온종일 갇혀 있던 새카만 어둠이 왈칵

달겨든다 숨 막혀 죽는 줄 알았다고 다디단

공기를 마시고는 한갓진 곳에 자리를 잡는다

초롱초롱해진 어둠의 눈

누가 저 삐걱이는 문을 밀고 들어와 매상을 올려줄지

이제나저제나 기다리자면

자정 넘어까지 버티려면 한참 멀었다

정신을 바짝 차려야 한다.

늘, 지나간다

무려 이십여 년 만에 눈이 마주친 우이암牛耳巖
늘 침묵 중이던 그와 마주쳤다

'요즘 아랫동네 감염병이니 뭐니
몹시도 시끄런 모양이더군'
손바닥만 한 천 조각으로 얼굴을 가리고 오가는
모습들을 보며 알게 되었다고 하였다

'살림살이 늘 그렇지만 이번엔 만만하질 않군요'
나도 오랜 지기에게 속을 털어놓듯이 말하였다

'불벼락을 맞고도 천년만년,
거센 비바람 견뎌오면서 꿈쩍도 않고
어찌 한결같으신지요?'

우리네 언제 한번 수월하게 지난 적이
있었냐는 듯이 무거운 입 그대로
우이암牛耳巖, 고개만 끄덕끄덕.

금산 향교

글 읽던 소리들로 가득하던
동재東齋와 서재西齋 명륜당明倫堂
예습 복습도 하며 잠도 자고 차도 마시던
그 자리 이제는 정적만이 가득하다

이왕 펴놓은 자릴 거둘 수는 없으니
진악산進樂山이 혼자 손바닥
들여다보듯 지켜보고 있다

글을 배워 익힐 사람이 정히 안 되면
봄이면 제비꽃, 벚꽃들과 판을 벌이고
여름 되면 회양 나무, 빗방울과 한판을 겨루고

가을이면 노랑 은행잎들 진지하게 불러놓고
새롭게 판을 펼 수도 있다
어디 속 깊은 앞 뒷골 소년들이라도
데려다 놓으면 좋으련만

눈이 소복이 쌓인 겨울엔

진악산進樂山 홀로

정적만이 가득한 향교를 보며 봄 꿈에

잠긴다.

비문증飛蚊症

선사 유적박물관에 진열된 흑요석이 새까맣다

나하고 시선이 마주치자 반짝 불길이 일어났다

다시 들여다보니 용암 속에서 타지 않고

용케 버텨온 새 한 마리가 살짝 움직였다

새라니? 몇만 년 동안 물 한 모금 마시지 않고

날개를 고이 접고 기다리고 있었다니

오로지 나를 기다리며 견뎌왔다니

부쩍 시력이 낮아진 눈을 꼬옥 감았다 뜨니

새가, 날개를 좌악 펼친다

날기 시작한다, 잘 살아라!

뭉근한 품

묻고 또 물으며

경주남산 불곡 할매부처님,

산죽 숲 헤치고 찾아가니

흐느껴 울지 않아도 네 가슴속

'나 다 안다'

눈을 지그시 감고 계셨다

산전수전, 천삼백 살도 더 먹은 할매부처님

아무 소리 안 하시며, 아무 소리도 안 하시며

산보다도, 하늘보다도 더 깊고 넓은

뭉근한 품을 내어주셨다.

환승역에서

깜박, 꿈결인 듯
잠시 쉬어간다는 전언을 듣자
승강장에 내려섰다

밤낮을 쉬지 않고 달려와
어느새 산등성마루를 넘었다
그윽한 산안개가 사방을 휘감고 있었다

어떤 손길이 닿은 오묘함인가
아름답게 펼쳐진 하늘 아래
시간이 흐를수록 점점 더 오묘해지는
저물녘의 이 길에 빠져들었다

끝도 없는 호기심을 타고난 팔자,

지도 한 장 챙기지 못하고
엉겁결에 떠난 길
이다음, 다음 역은 어디인가
다시 또 기다려진다.

존재, 그리고 봄

봄맞이 나온 영춘화에게 다가가

오묘한 빛깔로 여기까지 어떻게 왔는지

바람이 살랑거리며 다가가 묻자

하늘하늘 여린 속살만 보여준다

바람이 바싹 다가가 흔들어대며 되묻자

턱을 바싹 치켜들고는 너는, 너는?

어찌 거기에 있는가를 앙다문 입 열어 묻는다

그러게, 그러게 너와 나는 어디서 왔는지

물 건너, 강 건너 그렇게

걸어온 까닭은 무엇인지 제법 심각하게 묻고 있다.

끼니때

태풍을 받아넘기더니
한결 수굿해진 햇살과 함께
맑은 물줄기를 따라 걸었다

두물다리를 딛고 서자 물고기들이
갑자기 떼로 몰려온다
걸음을 멈칫하면 똑같이 멈칫하고
입을 뻐끔거리는 놈, 물살을 치며
입맛을 다시는 시늉을 하는 놈

막무가내로 쫓아오면 어쩐다?
그제서야 속내를 알고
안타까움에 혀를 차는데

어럽쇼,
이제는 뒤뚱거리며 놀던 비둘기들이
겁 없이 바짝 다가와 눈망울을 또롱또롱
굴리며 자꾸 졸라댄다

햇살에게 떠맡기고

엉겁결에 그늘로 들어섰다
정히 안되면 햇살은
빨갛게 익어가는
산수유에게 도움을 청하겠지

그로부터 햇빛 보기가
몹시 계면쩍었다.

쌈 구경

아침 댓바람부터 쌈질이다 환삼덩굴은 쌈꾼이다 한 번 걸렸다 하면 밭다리를 걸고는 죽기 살기로 목을 조른다 가시오가피가 온몸을 가시투성이로 무장했건만 그만 붙들려서 목을 졸려 옴쭉달싹 못하여 숨을 할딱거리고 있다 훈수든다고 한 소리 들어도 도리 없다 환삼덩굴 머리채를 내 손안에 틀어쥐고는 잡아채어도 역부족이다 에라 모르겠다, 낫을 들고 단숨에 싹둑 자를까 이건 반칙일 것만 같고 아, 이 노릇을 어찌하나 사람 구실을 하려면 어찌해야 좋을지 모르겠다.

호미씻이

진산 양지리 길가 들마루에서
고추장 듬뿍 얹어 버무려
양푼 산채 밥 막 먹으려는 밥상에 숟가락 하나
더 얹으려다가

멈칫,

햇살이 바싹 들앉고 지나던 바람도 끼어들 기세에,
더듬이를 치켜든 개미 한 마리까지 덤비는 바람에

에라 모르겠다
들판에 양푼 밥 엎어놓고,
두레 반상인 양
나도 벌 나비처럼 한 숟가락씩 핥아먹었네.

제3부

다시, 빚쟁이

다 저녁때
속초 수산시장에서 주인이 뜰채로 도다리 한 마리를
건져내어 대야에 던져놓는다
"실한 놈, 바다를 휘젓고 다닌 놈 몸값이 비싸다니까"

"이건 어떠실까?"
크기가 엇비슷한 놈 한 마리를 건져내어 철퍼덕,
뽀얀 배가 드러나게 내던진다.

"옜다, 이것은 덤이여"
병어 한 마리를 뜰채에 건졌다가 손님 표정을 살피곤
도로 수족관에 내던지자
달아나 봤댔자 거기가 거기인 물속으로
놈이 꽁무니가 빠지도록 내뺀다

'한 끼 밥상을 어쩐다?'

식탁에 놓일 회 한 접시를 눈앞에 그리자

속이 갑자기 아려온다

내 살점과 뼈, 이것은 누구에게 준다?

그날, 아줌마의 힘을 보았다

고것, 참
새치름한 아가씨인 줄만 알았다
군살 없이 홀쭉하고
매초롬한 자태의 아가씨

몰래 새끼들 낳아서 숨겨놓고는
뒤 안에서 발갛게 부풀어 오른
젖을 물리고 있을 줄이야

들키는 순간
벌떡 일어나
어린 자식들 뒤로 감추고는

행여 자식들 해코지할까 봐
눈에 쌍심지를 켜고
덤벼드는 고양이 아줌마

너한테서 왜 아스라이 사라져 간 내 모습이
보이는 거니?

바람의 손길

칼바위 능선을 걷다가 갑자기
볼록 반사경이 앞을 가로막는다

아, 어디서 봤더라
낯이 선 듯이 익숙한 듯이
마주 바라보는 얼굴

어디를 어떻게 다녀오는 길에
이 꼭두새벽에 마주친 걸까
가느다란 주름 사이사이에 흔적들
윤기를 잃은 채 흩날리는 머리카락

그 뒤편에는 키 큰 겨울나무가
오랜 지기처럼 봄을 품고 서 있구나

마른 나뭇잎 가지, 이슬 한 방울
코끝에 스치는 바람의 보이지 않는
손길까지 다 나를 위해 있었다니
고맙고 또 고마울 뿐이구나.

마음 여행

산등성이에 저 구름이 흐르는 듯 머무는 듯

어느새 하늘 저편이네

검독수리가 날개를 힘차게 내저어

좇아가 가보시려는가

엎치락뒤치락 동고동락하던 사이

앞서거니 뒤서거니 끌어줬다가 밀었다가

때로는 뒤돌아서서 나 몰라라 하는 사이였던가

산등성이에 저 구름이 검독수리와

벗이었다가, 남이었다가 흘러가네

남남으로 가고 있네.

당신의 이름

바로 이때다

갈고닦기를 수십 년, 깊이 숨겼던 칼을

눈앞에 바짝 들이대자 칼날이 퍼렇다

이 순간이다

흐르는 시간을 단칼에 끊어버리자

시퍼런 불꽃이 피어났다

삿된 것이 섞이지 않은 고요함, 온 사방을 뒤덮었다

갈 테면 가거라

나무에도 새기고, 저 구름에도 새겨놓은 흔적

어쩔 수 없었다고 뒤돌아볼 엄두는 내지 마라.

불꽃 선물

당신은 불꽃이었다
발갛게 달아오른 불꽃
불꽃에 행여 데일세라 잔뜩 웅크렸지만
온기가 뭉근하게 데워지며
새파랗게 얼어붙었던 몸이 풀렸다

형형색색으로 몸을 바꾸는 불씨는
사라졌는가 하면 어느새 매화향을 내뿜었다
청회색 빛이었다가 또다시 터지는 불의 씨앗은
형용할 수 없는 기기묘묘한 빛깔로 반짝거렸다

하얗게 사윈 불꽃 더미를 들춰보면
아직도 씨앗이 살아 있다

그 어느 찰나, 툭 건드려주기만 해도
황홀경으로 불씨가 타오르고
나는 불기운에 기대어 잠들며
금빛 꿈에 실은 불꽃의 진면목이 드러날 것이다.

풀밭 멍석

떼로 몰려온 풀벌레들
내가 눈 뜨기만 기다렸다는 듯이 울어댄다
찾아온 손님들 내쫓을 수는 없으니
아예 풀밭을 널찍하게 넓혀서
풀밭 멍석을 깔아주었다
푸른빛 회색빛 도는 다리의 색깔도 제각각
날개도 제각각, 몇 마리나 되는지 셀 도리가 없다
맘껏 울어보렴 맘껏 뛰어보렴
하다 하다 지치면 기진해 잠들 놈들
고이 잘 묻어주리라
나의 귀 안에서 찌지직거리는 풀벌레 소리
흉내 내어 나도 한 소리 해본다
찌직지지직…

병病

내손손가락을다합치면열손가락이다엄지검지중지약지소지다합쳐서열손가락이다그중하나왼손약지손가락이졸지에권총이되었다방아쇠가빽빽한권총이되었다방아쇠수지*병이란다방아쇠를수동으로당겨야작동을하지만나날이숙련이되어꽤탄력이붙기시작한다이제는장난기가발동한다창밖에목표물을정하고과녁맞추기를한다오늘아침엔연두빛싹이보일듯말듯한나뭇잎하나를쐈다서너차례해보니명중이다집밖으로나가볼꺼나까치사냥토끼사냥고라니사냥을나갈까멀리달사냥을나갈까보다달의고요한바다정중앙을쏘아볼까보다아니아니다봄바람안에웅크리고꼬박꼬박나올날기다리는꽃사냥을한발먼저나가볼까보다단숨에꽃천지를명중시킬까보다진짜봄이다!

* 방아쇠수지: 손가락을 굽히는 데 사용되는 굴곡건 조직에 염증이 생긴 질환, 손가락을 펼 때 방아쇠를 당기는 듯한 저항감이 느껴지기 때문에 '방아쇠수지'라고 함.

공것

어머니가 주신 내 몸뚱이

거저 받은 것이라고

대충대충 써오다가

발목 복숭아뼈 두 개를 부러뜨렸다

하늘을 올려보아도 땅을 내려 보아도

원망할 데도, 도로 붙일 방법도 없다

내 탓이다! 공것으로 받았다고

마구 쓰다가 된통 당했다.

한 고개 넘고 두 고개 넘어

거친 파도가 운무를 이끌고 오면

짐승 떼 같은 파도가 운무를 이끌고 올 때면

설악산 울산바위는 사자처럼 맘껏

울부짖을 수 있어서 좋았다

눈보라까지 함께 들이칠 때면 때를 만난 듯이

뒤엎어져서 실컷 울부짖어서 좋았다

그냥 스러져도 좋을 것 같았다

그렇게 나이 들어가고

그렇게! 짙게 주름이 파인다 하여도

그냥 좋을 것 같았다.

별맛

무량사 극락전 아미타불 님을 마주하고
두 손 모으고 삼매경으로 드는 길을
찾아 더듬거리는 찰나
난데없는 모기떼들이 악착같이 달겨든다
손가락 손등 귓불 뺨이며 이마
물고 뜯고 단맛을 찾느라 손을 내저으며
쫓아도 사정없이 빨아댄다
쓴맛, 단맛, 짠맛, 감칠맛까지
어지간히! 섭렵한 터에 정신이 번쩍 든다
아직도 갈 길이 첩첩 남아 있구나.

달인

간데메 공원에서 넋 놓고 앉아 있는데

어디선가 튀어나온 한 여자,

뒤로 휙 돌아선다
엄지를 척 세우더니 시침 떼고 다시
몇 발자국 걸어가 되돌아서 씨익 웃는다

아무도 없는데
늙은 버드나무는 혼자 졸려서
곧 잠들 것만 같은데
누구에게 보이려는 걸까

또각또각, 내 앞을 지나가며
낯선 나에게 미소를
한 아름 안겨준다

잘 놀았단다
놀기의 달인이다
내가 졌다!

모두 모두 제 자리

머리허옇게센노인이달빛마루도서관층계참에서서와플한조각을우물거리며창밖거리를내려다보면도로바닥을수선하느라페인트통수레를밀며분홍색차선에도료한방울뜯기지않으려허리구부정하게2인1조로도색을마치고떠난자리그자리엔이국에서온멀고먼곳에서기다리는낯선얼굴들의그림자가드리우고자동차가행여밟고지나갈세라지키는붉은봉을든인부의국적을알수없게까맣게탄단단한얼굴

철을 잃고 나와서 멋모르고 좋아라
바람에 나부끼는 여린 단풍잎을 보자면
예고도 없이 팍 터지는 눈물샘,
네가 엔간히
지쳐서 철이 드나보다.

손

세상에서 가장 먼저 만져 본

젊은 우리 엄마의 젖살이

맨 처음 시작이었지

동심원의 물살처럼

새겨지면서 내 손금 사이사이로

차곡차곡 쌓였다

꼬옥 쥐었다가 펼쳐보는,

비밀창고에는

켜켜이 쌓인 보물이 수북하다

다 내 손 안에 있다 부처님 손바닥이다

꽃은 떨어져 물 따라 흐르고

죽림천竹林川에 복숭아꽃잎이 흐른다
꽃잎과 물은 하나가 되었다
낮은 물소리에는
낮은 노래로 몸을 달싹이는 꽃잎
흐르고
흘러,
여기가 꽃이 피고 새가 운다는 무릉도원인가
죽림천에 흐르는 복숭아꽃잎
아, 어제도 내일도 한갓 꿈
지금이구나, 바로 나의 모습이구나

파도 소리의 길

경주 양남 바닷가

주상절리에 서서 보면

토함산 하늘의 뭉게구름,

새털구름, 물결 구름으로

배 한 척을 튼실하게 지어내어

저 바위들 속에 천년만년,

잠든 용의 숨소리를 담아

파도 소리 길을 따라 멀리 저 멀리

수미산, 도리천

그곳을 향해 훌쩍 떠나가보고 싶구나!

지금, 여기가 거기다

햇살이 잘 다져놓은 절 마당 한 곁에서

약수를 받다가

문득 고개를 쳐들어 보니 야트막한 언덕에

꽃무릇, 자주달개비, 분홍 배롱나무꽃

푸르디푸르게 펼쳐진 하늘

지금, 여기가 거기인가

극락전에 단단히 닻줄을 매어놓은 극락정토 행

반야용선般若龍船, 여간해서는 띄울 일이 없겠네.

만성리 검은 모래 해변

봄날에

한밤에

자르르 자르륵 밀려오는 파도를 보며

그가 결코 사납지 않다는 것을 알았다

아프고 상처 난 가슴들 악착같이

다 감싸주려고 비 오는 한밤중에도

좌르륵 좌르륵 조갈 조갈…

목이 쉬었어도 절대 그치지 않는 소리

내 품, 내 안에 다 안아주마

처음 알았다, 끝내 버티고 있는 당신.

제4부

선화공주의 사랑법

善花公主主隱他密只嫁良置古
薯童房乙夜矣卯乙抱遣去如
선화공주님은남몰래사귀어두고
서동방을밤에몰래안고간다네*

느닷없이 날아온 불씨 묻은 화살촉이 가슴에 꽂히자
뜨겁게 불이 활활 타오르고 눈도 멀고 귀도 멀고
황홀한 무지갯빛만 천지에 한가득
달도 별도 데일까 봐, 시침을 뚝 떼고.

* 薯童謠

불망매가不忘妹歌*

그날 소낙비 흠뻑 맞아 머리칼에서 빗물

뚝뚝 듣던 그때였던가

간다는 말도 없이 가던 때

비 그친 하늘가의 무지개에 홀리듯이

도리천 도솔천 그 어디에 숨어든 것이냐

간다는 말도 없이 가던 때

가을 겨울도 다 지나 햇살이 유난히 빛나는 아침에

수북이 쌓인 낙엽 더미에서 돋아나는 연초록 생명이

보고픈 나의! 나의 눈을 짓무르게 하는구나

도리천 도솔천 마다하고 세상을 다시 찾은 듯한 네 모습

* 향가 「祭亡妹歌」에서 빌림.

월명에게 안녕을

오늘은 초저녁도 되기 전에 웬일일까요?

노르스름하게 잘 익은 저 달 좀 보세요

에코백 큼지막한 것 하나 꺼내 주어요

살살 잘 담아서 서라벌 그때 주소

적어서 보내보겠어요

월명의 피리 소리* 듣느라 가던 길 멈췄다던

그 달이 맞는지 물어보고 싶어요

한 천 년 묵었어도 여전히 푸른 바탕에 노르스름한

저 달! 그 달이 맞는지 물어보고 싶어요

천 년이 바로 엊그제처럼 닿을 듯이 가깝네요!

* 『삼국유사』 5권 「月明師 兜率歌」에서 빌림.

월명이라는 그리움

한 천 년 거슬러 올라가면 어디선가는 한 핏줄로 얽혀져서 오빠뻘이 될지도 모른다는 얘기를 들은 적이 있다 한 천 년쯤 떨어진 사이라고 해도 하늘에 달도 가던 길 멈추게 한 사람, 산등성이에 솜구름으로 강바람을 타고서 새털구름으로 구름으로 빗방울로 헤집으며 다니다 보면, 푸른 하늘 은하수 별빛으로 반짝반짝 꿈도 되고 그리움도 되어 가슴에 새겨진 그날이 올지도 모른다고 들었다 언제인가는 서방정토 미타전에 다다라서 얼싸안게 될지도 모른다고 들었다 한 번 소매 끝 한 번만 살짝 스쳐 지나도 그렇게 된다고 들었다.

떠돌이별

생각해 보게나, 멀쩡하던 하늘에 시뻘건 해가 하나
더 생겨났다니 기가 찰 노릇 아니었겠나
뒤숭숭하던 차에 월명月明이 나섰다니 다행이었지 뭔가
피리 소리로 하늘의 달을 단번에 사로잡은 젊은이 아닌가
녹슨 채로 버려진 은하999열차에 무한에너지를 장착하여
햇덩이 하나를 명중시켜 꿰뚫고는, 내처
카시오페이아 은하로 되돌려 보냈다는 것 아닌가
까딱하면 우린 밤을 잃을 뻔하였네
아, 한밤중에도 날이 훤하게 밝아 잠을 못 이룰 뻔하였네
생각해 보게나, 살면서 별 황당한 일 다 겪어낸 우리 아닌가

심화요탑*

소스라치게 놀라 깨었을 땐 이미 늦었지.
텅 빈 절 마당, 쪼그리고 잠들었던 추레한 제 몰골.
미친 듯 탑 주위를 돌며 관세음보살님께
쌍놈의 것 쌍놈의 것! 욕하며 황금 팔찌를 짓밟고
목이라도 매달든가 혀라도 빼물고 죽고 싶었겠지.

쌈박해! 뒤끝이 그만큼은 돼야잖겠어?
배운 것도 뒷배경도 없던 숫보기 지귀.
분함에 부끄러움에 피도 눈물 콧물도 활활
다 태워버린 사내.

그이가 임무소 뒷마당 가로질러
사택으로
걸어 들어가는 선덕이를 보았다는 얘기 알아?
새로 이사 온 선덕이를 말이야.
앞으로 얘기가 진진해지겠지?

* 선덕여왕과 지귀 설화 「心火繞塔」에서 빌림.

광덕 아내*의 그리움

속절없이 서방정토로 떠나간다

말 한마디 남기고 간 당신,

발갛게 노을 등불 켜지는 서녘 하늘,

그쪽으로 몇 만리를

떠나간 것인지요

견우직녀 도와주는

까마귀, 까치 편에라도

부디,

나! 잘 있다

단 한 번만이라도 안부 전해주시어요.

* 삼국유사 5권 「廣德 · 嚴莊」 에서 빌림.

수로부인의 기억법*

황망 중에 이끌려 간 그곳은

온 사방이 은은한 빛깔이었습니다

기기묘묘한 색 색깔의 음식들 중에 타르트 한 개

맛보고는 정신을 잃듯 잠결에 빠져 들었습니다

꿈결인 듯 머리칼을 쓰다듬는 손길…
몽롱하기만 한 그날, 그 밤…

눈 한 번 꼬옥 감았다 뜨자, 물결 위로 솟구쳐 올라

바닷가 그 자리였습니다

그이, 순정공은 낯선 용궁 속이 어떻더냐 물어왔지만

묘한 향내만이 떠오를 뿐이라고, 먼 데를 바라보았습니다.

* 『삼국유사』 2권 「水路夫人」에서 빌림.

영취사 보라매*

너는 나무 위에 앉아 망연히 바라보고 있구나
꿩이 달아난 우물 속에는 물이 핏빛이 되었구나
물속의 꿩은 두 날개로 새끼 두 마리를 감싸안았구나

너는 더 이상 차마 공격할 수 없었구나.

측은지심과 모정의
이 자리에

아름다운 절 한 채 세우게나.

* 『삼국유사』 3권 「靈鷲寺」에서 빌림.

철쭉 헌화가*

늙은 아버지와 나, 친구 옥희와 셋이서 밥상을 받고서
술잔을 기울이며 분위기가 익어갔다
옥희는 아버지와 눈이 마주칠 때마다
멋쩍게 나를 바라보곤 했다
흥이 나면 설장고를 멋들어지게 치는 남자라는 건 알았지만
내 아버지가 눈웃음을 친다는 건 몰랐었다

양말까지 벗어 던지고
죽기 살기로 절벽을 기어 올라가는 아버지
진분홍 철쭉을 한 아름 꺾고 하얀 조팝꽃까지 얹어
태수 부인이 된 옥희에게 바치는 것을 꺼리지 않을 터였다

하기야, 단지 아름답다는 이유로
남의 여자를 들쳐 업고 달아났던 용왕님,
그도 주민들 시위에 못 이겨
훔쳐 간 유부녀를 되돌려 보냈을 지경이니

그때 나는 암소를 몰고 가다가

고삐를 던져 놓던 한 모습이 떠올랐다

그나저나 내 안에도 눈웃음을 살살 치는
더운 피가 숨어 흐르고 있으니 어쩌랴?

* 향가 「獻花歌」에서 빌림.

풍요風謠

來如來如來如 오는구나 오는구나 오는구나
來如哀反多羅 오는구나 서럽구나 우리들이여
哀反多矣徒良 서럽기도 하구나
功德修叱如良來如 공덕 닦으러 오는구나*

운문산 풀무치 상운암엔

늙은 비구 스님이 공양주라네

저 산 아래에서 지친 이들이 허덕이며 오르고

샘물 한 잔으로 입가심하고 나면

열무김치 머위나물 감자전 밥 한 상 수북하게 차려낸다네

쌀밥 한 수저 듬뿍 퍼서 입에 넣는 모습을 보면

'아이쿠 우리 부처님네 밥 맛나게 드시네' 헤벌쭉 웃으시네

암자 근처까지 곧잘 내려오는 바람 구름 떼는

호두알같이, 여물다가 쭈그러진 머리통을 살살 간질여
주네

낮달도 슬며시 끼어들어 밥 한술 얻어먹고 싶어지네

* 향가 「風謠」

신충이 부르는 원가怨歌*

서늘한 잣나무 아래에서

바둑판을 펼쳐놓고

붙이면 젖히고 젖히면 뻗으며

시간 놀이를 하던 그대와 나

수手읽기에 뛰어나

대마 불사하였던가

황금 왕관을 쓰고 나자

과거는 까마득히 빗물 되어 흐르고

아, 나는 빗물 속에 유유히 몸 맡긴

잣잎 하나로 흘러볼거나

* 『삼국유사』 5권 「信忠 掛冠」에서 빌림.

원왕생, 원왕생가願往生歌

고즈넉한 성주사 터에 가을비가 내리네

저기, 뛰며 날며 놀고 있는 어린 까치들을 앉혀놓고

천 년 빛이 고이 쌓인 터에서 예불 한 번

드려보았으면 좋겠네

저기, 눈비 맞으며 묵묵히 지내온 나한님께

곰삭은 지혜 법문 한번 펼쳐주시라 청하고 싶어지네

꾀만 남은 이 늙은 것, 아기 까치들 잘 앉아 있으라고

평생 몸에 밴, 다독이는 일이나 해야겠네

아, 비긋고 나면 예불 한번 올려봤으면 정말 좋겠네!

성주사 빈 절터에 비 내리네, 적막강산이 내리고 있네

* 『삼국유사』 5권 「廣德· 嚴莊」에서 빌림.

희명希明이 아들에게*

그날 분황사 관음 님 앞

눈물 콧물 범벅이 되어 무릎 꿇어 조아리던 때

끊어질 듯 이어질 듯 간절한 노래 한 곡 부르고

아름다운 옷자락으로 감겨진 네 눈 닦아주시자

천지사방이 환하게 다 보인다고 소리치던 어린 너

관음 님, 기억하는 거니?

너랑 나랑 늘 애처롭게 지켜주시는

든든한 배경이 되어주시는구나!

* 『삼국유사』 3권 「芬皇寺 千手大悲 盲兒 得眼」에서 빌림.

원효, 꾸중을 듣다

사복蛇卜네 집에 문상을 갔던 원효가 그의 어머니 영전에서 기도를 하자 말이 번거롭다고 주인이 꾸중을 했다 다시 서둘러 '죽고 사는 것이 괴롭구나' 맘 가는 대로 한마디 하고 나니 가만히 듣고 있었다 둘이서 상여를 매고 산 밑에 갔다 사복蛇卜이 기도를 마치고 나서 띠풀을 뽑자 그 안 땅속에 연화장세계蓮華藏世界가 펼쳐졌다 눈 깜짝할 사이도 없이 홀어머니와 아들로 살던 그 둘이 사라져 버렸다 마치 뭐에 홀린 것만 같았다 터덜터덜 혼자서 고선사高仙寺 절로 돌아오며 아무리 생각해도 죽고 사는 일이 쉽지만은 않았다.

* 『삼국유사』 4권 「蛇福不言」에서 빌림.

매화 향, 만파식적萬波息笛

'한 오백 년' 향피리 음률에 실려
살며시 졸다 보니
순간에 천년을 거슬러 올라갔다

봄기운 가득 머금은 천 년의 바다
햇살도 바람결도 따스하다

청매화 다소곳이 피어나고
자근자근 피리 소리에
근심도 걱정도 수그러들고
이 길목 저 들판 길이 안온하다

향피리 음률에 실려 살포시 다녀온 천 년의 바다
청매화 아련한 향이 아직도 남아 있네.

* 『삼국유사』 2권 「萬波息笛」 에서 빌림.

공후인箜篌引

公無渡河 公竟渡河 墮河而死 當奈公何*

간절히, 끝까지 매달렸지만

그대, 숨을 들이쉬고는 그만, 내쉬지 않으시고

이제는, 나 몰라라 두 눈 꼭 감으시고

홀로, 딴 세상의 단꿈에 들으셨네

부디, 내 눈빛 내 살갗 내 골수에 박힌

그대의 흔적, 모조리 씻은 듯이 가져가 주신다면

그러신다면, 그렇게만 하신다면

그대, 등 뒤에 돌팔매질은 하지 않을 거예요.

* 그대여, 강을 건너지 마세요. 그대, 기어이 강을 건너셨어요. 강물에 빠져 떠나시는 그대, 이제 어찌해야 할까요.

현자, 처용

서울 밝은 달에 밤 들어 노니다가
들어와 잠자리 보니 다리가 넷이어라
둘은 내 것인데 둘은 누구 것인지
본디 내 것이다마는 앗아간 걸 어찌할까*

베네치아 산마르코 광장 건너편 상점에서

처용을 꼭 닮은 가면을 만났다

기다란 얼굴과 콩코드 코를 닮은 가면을 쓰고

세상을 바라보면 꿈속인 듯이 서라벌 밤하늘이 펼쳐졌다

그 하늘 아래에서는 내 몸뚱이가 이슬인 듯이

내 마음이 투명한 공기인 듯이

사방 천지의 경계가 눈 녹듯이 사라졌다

바람에 실려 오는 천 년을 묵은 해조음만이 아련했다.

* 『삼국유사』 2권 「處容郞 望海寺」에서 빌림.

인간과 자연, 혹은 고전과 현대의 하모니

황치복
(문학평론가, 서울과기대 교수)

1. 자연과 인간의 하모니

이영신 시인은 1991년 『현대시』로 등단하였으며, 『망미리에서』, 『죽청리 흰 염소』, 『부처님 소나무』, 『천장지구』, 『저 별들의 시집』, 『오방색, 주역 시』, 『시간의 만화경』 등의 시집을 발간한 바 있다. 어느덧 시작 활동을 한 지 30여 년을 넘어서고 있으며, 이번 시집으로 여덟 번째 시집을 발간하게 된다. 시인이 구사하는 작시술의 특징은 짧은 시행의 시편들을 통해서 절제된 감정을 응축된 표현으로 담아내고 있으며, 무엇보다 눈에 띄는 것은 시상과 시적 메타포의 파장들을 자연의 이미지를 통해서 발현하고 있다는 점을 들 수 있다. 시인은 수시로 자연과 접촉하면서 그 속에 깃들어 있는 생명의 오묘한 섭리와 삶의 이치를 발견하고 그것을 이미지화함으로써 시적 정서의 파동을 형성한다.

주목되는 점은 시인이 자연과 인간의 영역이 교차하는 지점을 날카롭게 포착하여 그것을 유비적 상상력을 통해 중첩시킴으로써 어떤 조화와 화음을 만들어 내고 있다는 점이다. 시인은 먼저 자연현상에 눈을 돌리고 거기에 새겨진 어떤 자연의 원리와 삶의 이치를 관조한다. 그리고 자연에 새겨진 삶의 의미를 이미지화하는데, 이는 마치 보들레르가 그의 시 『교감(Correspondence)』에서 "자연은 하나의 신전, 거기에 살아 있는 기둥들은/ 때때로 어렴풋한 얘기들을 들려주고/ 사람이 상징의 숲을 통해 그곳을 지나가면/ 숲은 다정한 눈길로 그를 지켜본다"라고 노래했던 바로 그러한 구도를 연상시킨다. 보들레르처럼 시인에게도 자연은 하나의 신전과 같은 상징으로서 우주와 자연과 생명의 이치에 대한 비밀을 은폐하면서도 동시에 폭로하는 대지의 속성을 지니고 있는 것이다. 시인은 부지런히 이를 받아적고 있는 하나의 무녀이자 영매이기도 한 셈이다.

그런데 자연과 인간의 이러한 대위법적 화음과 함께 이번 시집에서 주목되는 다른 특징은 고대와 현재, 혹은 고전과 현대의 대화라든가 그것들이 연출하는 화음이라고 할 수 있다. 시인은 고전의 재해석을 통해서 고대와 현대가 분리되어 있는 것이 아니라 시간의 간극을 초월해서 서로 넘나들고 있으며, 상호작용을 하고 있음을 고전에 대한 패러디를 통해 실증한다. 전통과 현대는 서로 마주 보고 대화하면서 그 둘의 접촉과 교호 작용을 통해서 새로운 의미의 장을 형성해 내는 것이다. 그런데 이러한 고전과 현대라는 대립적인 자질은 시공의 화음뿐만 아니라 종교와 세속, 또는 이승과 저승과 같은 대립적인 자질들의 통합과 화음을 형성한다는 점도 주목을 요하는 대목이다. 시인이 구축한 하모니의 시적 공간으로 들어가 보자.

수북이 쌓여 얼어붙은 눈 위에

한 짐승이

앞을 향해 걸어가며 발자국을 찍어놓았다

갑작스레 길이 막히고

어지럽게 사방으로 찍힌 발자국들

밥 끼니 때우려고

갈팡질팡 애달픈 흔적을

송곳으로 이름 새기듯이 남겨놓았다.

쪽방, 그 사람이

떠나간 것처럼.

—「산골짜기 고시원」 전문

자연에서 이루어지는 야생의 세계와 현대사회의 밀림에서 이루어지는 고달픈 서민의 삶이 오버랩되면서 생명이 직면한 곤궁과 곤혹이 '발자국'의 이미지를 통해 부조되고 있다. 얼어붙은 눈 위로 어지럽게 찍혀 있는 짐승의 발자국에는 엄동설한 속에서 생존을 위해 음식물을 구하는 생명의 애틋한 흔적이 응결되어 있다. "어지럽게 사방으로 찍힌 발자국들", 그리고 "갑작스레 길이 막히고" 등의 표현에는 생존을 위한 짐승의 몸부림과 절벽에 우뚝 선 듯한 절박함이 투영되어 있다. "얼어붙은 눈"이라는 생존 조건이 짐승의 생명을 위협하면서 다급한 생존의 발자국들을 남겨놓은 것이다.

그런데 이러한 시적 상황과 심상은 우리 사회의 환경과 상황으로 고스란히 전이된다. 이 시의 시안詩眼이라고 할 수 있는 “쪽방, 그 사람이/ 떠나간 것처럼”이라는 시구는 얼어붙은 눈 위를 배회하는 짐승의 몸부림을 고스란히 우리 사회의 그늘진 삶의 영역으로 옮겨온다. 그러니까 먹이를 찾아 방황하는 짐승의 발자국이 찍혀 있는 얼어붙은 눈 위가 “산골짜기 고시원”이라면 짐승처럼 살다 떠난 빈민들의 거주지 쪽방은 우리 사회라는 ‘정글의 고시원’에 해당되는 셈이다. 시인은 산속 얼어붙은 눈 속 짐승의 발자국을 보면서 우리 사회의 그늘진 삶을 연상했을 터인데, 이러한 구도로 인해서 이 시는 짐승이든 인간이든 험난한 생존의 위협을 견뎌내며 살아가고 있는 엄혹한 생명의 현장을 환기하면서, 그러한 생명의 위협에 대한 시인의 보편적인 연민과 공감의 시 정신을 발산하게 된다.

화개장터행 버스가

정금마을 입구에 서자

산나물을 한가득 담은 커다란 비닐봉지가

올라오더니

머뭇머뭇 등이 잔뜩 굽은 노파가 올라탄다

부릉부릉, 버스는 아직도 시동을 켠 채로

한참을 기다리며 서 있다

십 리 벚꽃길 향기도 태우고

졸졸졸, 흐르는 개울물 소리까지

마저 태우고 떠날 기세이다.

—「만원 버스」 전문

이번 시에서는 화개장터에서 정금마을을 운행하는 '만원 버스'가 자연과 인간의 통합과 화음을 연출하고 있다. 버스가 정차하자 "산나물을 한가득 담은 커다란 비닐봉지가/ 올라오"는 장면이 예사롭지 않은데, 그것은 "머뭇머뭇 등이 잔뜩 굽은 노파"와 함께 버스를 오르는 주체로 설정되어 있기 때문이다. 그러니까 산나물과 노파는 서로 손을 잡고 5일장을 가는 동반자처럼 태연하게 버스의 한 자리를 차지고 있는 셈인데, 이러한 구도는 자연과 인간이 어우러져 어떤 화음을 이루는 장면이 아닐 수 없다.

이 "만원 버스"에는 할머니와 산나물만 있는 것이 아니다. 거기에는 굼뜬 산나물 비닐봉지와 등이 굽은 노파가 버스에 오르기를 기다리는 마음씨 느긋한 버스 기사와 함께 화개장터 부근의 "십 리 벚꽃길 향기"라든가 "졸졸졸, 흐르는 개울물 소리"까지 타고 있다. 화개장터행 버스 기사와 할머니, 산나물과 벚꽃 향기, 그리고 봄날의 시냇물 소리까지 타고 있기에 시인은 이를 "만원 버스"라고 명명하는데, 독자들은 이러한 해석을 통해서 인간과 자연이 서로 어우러져 연출하는 충만한 조화와 하모니의 생명력을 연상할 수 있다. 봄날의 샘솟는 자연의 기운에 의해서 노파 또한 생명력의 기운으로 충만해지는데, 이러한 놀라운 변화가 '만원 버스'라는 작은 공간에서 일어나고 있는 것이다. 다음 작품 역시 자연과 인간의 연대가 발현하는 화음의 가치를 보여준다.

개운산 아래

반지하방 문 앞

손수레 위에 폐박스들이 수북하게 쌓여 있다

할퀴고 찢기고 구부러진 박스들,

창문틀엔 반쯤 내려진 망사 천을 배경으로

금잔화가 철없이 활짝 웃고 있다

재롱둥이!

노인네, 외톨이가 아니었네?

―「짝」 전문

"반지하방 문 앞"이라든가 "손수레 위에 폐박스들" 등의 표현이 생성하는 이미지들은 신산한 삶의 현장을 생생하게 재현하고 있다. 특히 "할퀴고 찢기고 구부러진 박스들"이라는 표현에서 연상되는 이미지들은 "노인네"의 노년의 삶이 얼마나 험난하고 고통스럽고 파괴적인 것이었는지를 웅변하고 있다. 시적 주인공으로 등장하는 '노인네'라는 인물은 비록 도시에 살고 있지만, 약육강식의 법칙이 지배하는 정글과 다름없는 생존 조건에 노출되어 있는 셈이다. 그런데 시인은 이러한 척박한 환경에서 "창문틀엔 반쯤 내려진 망사 천을 배경으로/ 금잔화가 철없이 활짝 웃고 있"는 장면을 연출함으로써 노인의 거주 공간은 공감과 연민의 정서적 파동이 작동하는 따사로운 공동체의 공간으로 탈바꿈한다. "짝"이라는 시의 제목은 노인과 금잔화 사이에 형성된 정서적 교감의 일상을 암시하는데, '짝'이라는 어휘는 비좁은 공간에 생의 터전을 마련한 금잔화와 노인이 삶의 질곡과 고통을 서로 나누고 감내함으로써 폐허와 같은 생존 조건에서 생명력이 고갈되지 않도록 할 수 있음도 또한 암시한다. 그러니까 이 시 또한 자연과 인간이 서로 연대하고 협력하는 관계의 하모니를 통해서 힘겨운 생의 조건을 이겨나갈 수 있는 에너지를 얻는 장면을 연출함으로써 그 연대와 조화의 필요성과 가치를 강조하고 있음을 알 수 있다. 동일한 주제를 다룬 작품을 한편 더 읽어본다.

부동산 중개업소가 다 쉬는 날
늙은 사내가 가까스로 한 곳을 찾아내고는
문을 삐죽이 밀고서 묻는다
월세방 나온 거, 한 칸짜리 있어요?
숨을 몰아쉬며 묻는다

바싹 마른 갈퀴 손가락
숱이 빠진 머리칼
가게 문을 맥없이 놓고 돌아섰다

깜박, 졸던 탁자 위의 산국화 향기가
늙은 사내의 등 뒤로 뜬금없이 따라나섰다

—「연민」 전문

'자연은 가난한 사람들이 누구나 귀의할 수 있는 위안이자 친구'라는 구절을 상기할 수 있는 시편이다. "부동산 중개업소"가 쉬는 날 늙은 사내가 방을 구했다는 것, 그것도 한 칸짜리 월세방을 구하고 있다는 것, 그러나 그처럼 형편없고 값싼 주거 공간은 매물이 없어 할 수 없이 뒤돌아섰다는 것 등의 사소한 서사가 시상의 전개를 통해 제시되고 있다. 물론 다양한 묘사의 힘이 발휘되고 있기도 한데, "가까스로 한 곳을 찾아내고는"이라는 표현이라든가 "바싹 마른 갈퀴 손가락", "숱이 빠진 머리칼", 그리고 "맥없이 놓고 돌아섰다" 등의 표현들은 "늙은 사내"가 그동안 경영해 왔던 삶의 과정이 얼마나 피폐하고 곤궁했었는지를 암시하고 있다.

그런데 주목되는 점은 시인은 이러한 사내의 힘겨운 삶에 대해 결코 외로운 것으로 내동댕이치지는 않는다는 것이다. 그래서 시의 마지막 구절이 주목되는데, "깜박, 졸던 탁자 위의 산국화 향기가/ 늙은 사내의 등 뒤로 뜬금없이 따라나섰다"라는 표현에는 거리의 삶을 배회하는 늙은 사내에 대한 시인의 안타깝고 애틋한 마음이 배어 있기 때문이다. 그러니까 시인은 한 칸짜리 월세방을 구하는 늙은 사내의 고독한 삶에 대한 연민과 동정심을 발휘하여 산국화 향기가 그의 삶과 함께하도록 배려하고 있는 셈이다. 산국화 향기가 원룸을 구하지 못해 거리를 배회하는 늙은 사내에게 얼마나 큰 위안이 될지는 모르겠지만, 적어도 그는 혼자가 아니라는 점은 분명하다. 무상의 자연이 늙은 사내의 외로운 삶에 동참함으로써 그의 삶은 자연과 인간의 하모니 속에 들어가게 되는데, 그로 인해서 곤궁한 삶은 위로와 환대를 경험하게 된다.

2. 신성과 아름다움, 신이 창조한 예술품으로서의 자연

짧고 함축적인 뛰어난 시편들을 통해서 이영신 시인의 문제의식과 작시술의 특징을 살펴보았다. 시인은 가장자리로 밀려난 삶에 주목하고, 그처럼 고독하고 피폐한 삶을 위로하기 위해 자연을 배치하고 있음을 알 수 있었다. 그리하여 곤궁한 삶은 자연의 위로와 환대를 통해서 삶의 에너지를 얻게 되는데, 그것은 자연이 지닌 생명력의 향연에 참여함으로써 가능해진 것이다. 그러니까 시인은 인간과 자연이 관계의 하모니를 형성함으로써 고통스러운 생의 곤궁이 에너지로 충만할 수 있음을 발견하고 있는 셈이다. 시인은 인간과 자연이 어우러져 이룩하는 조화와 화음의 향연을 토대로 해서 자연과 인간의 관계가 지닌 의미와 가치를 더욱 파고 들어가게 되는데, 거기서 시인은 인생의 가치와 의미, 역사적 함의, 그리고 아름다움이라는 심미적 가치를 발견하게 된다.

종달리 산 28번지 용눈이오름에 사는 안개는 붙임성이 전
혀 없다 오려면 오라지 가려면 가라지, 등을 내보이기 일쑤다,
그러려면 그러라지 반기거나 말거나 되는 대로 아무 데나 털

썩 주저앉아서 먼데 저 멀리 수평선 숨죽인 파도의 등허리쯤 인가 시선을 둔다 집을 나섰다가 영영 돌아오지 못한 사람들 그들이 그곳을 찾아갔으려니 꿈속 나라 이상향의 땅을 찾아갔으려니 철석같이 믿는 이어도를 그려본다 슬픈 눈물과 숨죽인 오열이 더해졌을 그 세상을 가슴에 새기다 보면 용눈이오름 안개는 저절로 먼저 다가온다 촉촉하게 젖어가는 마음을 덥혀줄 듯이 내 어깨를 감싸준다

—「먼 듯 가까운 듯이」 전문

'이어도'라는 이상향의 섬, 그리고 용눈이오름을 덮고 있는 안개가 시적 제재가 되고 있다. '이어도'라는 섬은 "집을 나섰다가 영영 돌아오지 못한 사람들"이 찾아간 곳으로서 "꿈속 나라 이상향의 땅"에 해당되는데, "슬픈 눈물과 숨죽인 오열이 더해졌을 그 세상"이라는 구절을 음미해 보면, 환상의 나라인 이어도는 단순한 이상향이 아니라 제주도 주민들의 슬픔과 원한을 품고 있다는 점에서 역사적 상처와 아픔을 간직하며 치유하고 있는 섬이기도 한 셈이다. 물론 이 대목에서 어업을 주업으로 하는 제주도 주민들의 삶의 곤경과 위험을 상기할 수도 있지만, 현대사의 비극으로서 4.3사건과 같은 역사를 떠올릴 수도 있기 때문이다. "용눈이오름 안개는 저절로 먼저 다가온다 촉촉하게 젖어가는 마음을 덥혀줄 듯이 내 어깨를 감싸준다"는 구절에 주목해 보면, 용눈이오름의 안개란 곧 그러한

역사적 질곡과 상처를 아물게 하는 치유의 힘을 지니고 있음을 짐작할 수 있다. 그러니까 자연은 단순히 삶의 곤경을 위로하고 환대하는 것뿐만 아니라 역사의 아픔과 애환을 위로하고 치유하는 힘을 지니고 있는 셈이다. 자연에서 역사에 대한 치유의 힘을 발견한 시인은 그것에 더욱 천착하다 보면 종교적 신성을 발견하기도 한다.

죽을 둥 살 둥, 버려진 돌덩이를 깎아 피에타를 만든 그 남자, 몰래 사람들 이야기를 엿들었더니 엉뚱한 사람의 이름을 들먹이며 찬탄하는 거였지 '요것들 봐라' 뼈를 깎는 아픔을 딛고 완성을 했건만 '날 몰라준다 이거지'

한밤중 성당에 몰래 들어가 피에타에 매달려 마리아 님 허리띠에 보란 듯이 '피렌체 사람 미켈란젤로 부오나로티' 자기 이름을 새기곤 밖으로 나서자, 끝없는 하늘엔 별들이 총총, 은하수가 펼쳐지지만 그 어디에도 원작자 하느님 이름은 없었다는 거지. 그 남자, 그 뒤부터는 돌덩이에 숨은 것들, 돌옷만 벗기는 걸 평생의 업으로 삼았다지.

—「별」 전문

두 단락으로 이루어진 이 산문시는 인간과 자연의 대립이 잠재되어 있는데, 자연의 이치와 의미에 대한 발견은 새로운 통찰력으로 나아가게 된다. 첫 번째 단락에서 시적 등장인물인 미켈란젤로 부오나로티는 버려진 돌덩이를 깎아서 '피에타' 라는 위대한 작품을 완성하지만, 대중들은 자신의 업적을 몰라주고 엉뚱한 사람을 찬양한다. 이에 미켈란젤로는 피에타 조각상의 마리아 허리띠에 자신의 이름을 새기며 그것이 자신의 업적임을 내세우고, 대중들이 자신의 명성을 드높여 줄 것을 기대한다.

그런데 밖에 나와서 하늘을 바라보자 거기에는 자신의 조각상보다 훨씬 아름다운 별들이 반짝이고 은하수가 펼쳐져 있다. 그런데 그것의 창조자인 하나님의 이름은 어디에도 새겨져 있지 않다는 것을 발견하게 된다. 이에 미켈란젤로는 깨달은 바가 있어서 그 후로는 "돌덩이에 숨은 것들, 돌옷만 벗기는 걸 평생의 업으로 삼"게 된다. "돌덩이에 숨은 것들, 돌옷만 벗기는 걸 평생의 업으로 삼"게 된다는 구절에 이 시의 주요한 메시지가 함축되어 있는데, 이러한 표현은 돌에 새긴 조각상이란 예술가 자신의 인위적인 창작물이 아니라는 것, 자신이 능동적으로 어떤 형상을 창조한 것이 아니라 수동적으로 돌 속에 숨겨져 있는 형상을 끄집어내는 역할만을 담당했다는 것, 그러니까 예술가는 궁극적으로 사원의 시녀처럼 하나님이 창조한 원본을 섬기는 영매이자 매개자에 불과하다는 것 등을 함축하고 있다. 이러한 대목은 바로 자연이라든가 예술이라는 영역이 신과 연결되는 신성한 성격을 지닐 수 있다는 것을 암시한다. 예술과 관련된 작품을 한 편 더 읽어보자.

이제는 인사동 골목으로 밀려난 골동 가게들,

눈요기하며 걷다가

문득 글자 한 글자의 집을 짓고 싶어졌다

수많은 숨결과 손길, 넋이 굽이치며 흐르다가

호젓한 상채기로 남아 있는 흔적을 담고 싶어졌다

손톱으로 긁어보아도 드러나지 않고

껍질을 벗기고 물어뜯어도 옹이의 속내를

끝내 보이지 않는 아픔, 숨을 살살 불어넣어

얼어붙은

외통수를 가까스로 녹여내야만 할 시간들,

손, 눈, 귀, 넋, 혼…

옹이진

한 글자를 모셔다가 오롯한, 나의 집을 짓고 싶어졌다

—「집」 전문

시의 제목으로 제시되어 있는 "집"이란 혼이 담겨 있는 예술 작품이라고 할 수 있을 것이다. 시인이 담고 싶어 하는 혼이라는 것이 "인사동 골목으로 밀려난 골동 가게들"이 지니고 있는 혼이라는 것을 생각해 보면, 그것은 민예라든가 민속의 다양한 예술품들이 지니고 있는 아우라, 혹은 예술적 품격이라고 할 만한데, 그것들이 현대사회의 흐름에 밀려서 가장자리로 밀려나 있다는 점을 생각해 보면, 그것은 사라지고 있는 민족

혼의 흔적과도 같은 것임을 추론할 수 있다. 시인은 그러한 혼을 담아내는 수단으로 '한 글자로 된 집'이라는 형식을 제시하면서 그것이 또한 나무의 '옹이'와 같은 것임을 덧붙이고 있다.

나무의 옹이란 생채기가 아물면서 나무에 굳은살이 생긴 것이라는 점에서 시인이 담고 싶은 것은 곧 소멸해 가는 민족혼의 흔적과 잔상이라고 할 만하다. 시인은 이를 "손, 눈, 귀, 넋, 혼"이라고 하면서 이것들이야말로 "옹이진 한 글자"라고 표현한다. 우리 조상들의 손길이 스며 있는 것, 눈길이 머무른 것, 귀를 기울인 것, 그리하여 우리 조상들의 정신과 마음이 온전히 녹아 있는 것들에 대한 애착과 보존의 마음을 피력한 것이다. 조상들의 넋과 혼이 배어 있다는 점에서 그것은 종교적 숭배에 육박하는 신성성을 담지하고 있다고 해석할 수 있는데, 자연과 함께 예술에서 종교적 가치를 발견하고 있는 국면이라 할 수 있다. 시인이 바라보는 관점으로서 자연과 예술의 신성성에 대해서 살펴보았는데, 자연이 예술적 경지로 승화될 때 시인은 극적인 심미적 가치에 도달한다.

> 죽림천竹林川에 복숭아꽃잎이 흐른다
> 꽃잎과 물은 하나가 되었다
> 낮은 물소리에는
> 낮은 노래로 몸을 달싹이는 꽃잎
> 흐르고

흘러,

여기가 꽃이 피고 새가 운다는 무릉도원인가

죽림천에 흐르는 복숭아꽃잎

아, 어제도 내일도 한갓 꿈

지금이구나, 바로 나의 모습이구나

—「꽃은 떨어져 물 따라 흐르고」 전문

도연명의 「도화원기桃花源記」에 등장하는 유토피아를 연상시키는 이 작품에서 시인은 복숭아 꽃잎이 흐르는 죽림천을 실제로 무릉도원으로 비유하고 있다. 복숭아 꽃잎이 물과 하나가 되어 흐르고, 낮은 물소리가 나는데, 꽃잎은 그 소리에 호응해서 몸을 달싹인다. 시인은 이러한 장면을 보면서 "지금이구나, 바로 나의 모습이구나"라고 소리친다. 죽림천의 선경仙境을 보고서 바로 "지금이구나"라고 소리치는 장면은 괴테가 그의 주저 『파우스트』에서 아름다운 장면을 보면서 "멈추어라! 너 정말 아름답구나!(Verweile doch! Du bist so schön!)"라고 외쳤던 장면을 연상케 한다.

괴테나 시인이나 모두 아름다운 순간을 포착하여 그것을 영원 속에 간직하고 싶은 욕망을 표출한 것인데, 순간의 영원화란 곧 시간의 무화를 의미한다. 시인이 "어제도 내일도 한갓 꿈"이라고 하면서 "지금"을 강조한 것은 바로 자연의 예술적 승화가 시간의 무화를 통해서 시간을 초월하게 했다는 것을 의미한다. 시인은 다른 시편에서도 "문득 고개를 쳐들어 보니 야트막한 언덕에/ 꽃무릇, 자주달개비, 분홍 배롱나무꽃/ 푸르디푸르게 펼쳐진 하늘/ 지금, 여기가 거기인가"(「지금, 여기가 거기다」)라고 하면서 순간의 영원화를 노래한 바 있다. 그런데 이 시에서 시인은 "지금이구나"라고 하고 나서 "바로 나의 모습이구나"라고 하면서 예술적 절정의 심미 의식이 참다운 자아의 발견으로 이어지고 있음을 고백한다. 아마도 이 장면이 이 시집의 절정이라고 할 만한데, 순간의 영원성을 통해 본래면목으로서의 참다운 자아를 발견하는 장면은 시인의 예술가로서의 자각과 본질에 대한 통찰로 통한다고 할 수 있다.

시인에게 자연은 인간적 삶의 곤경에 대한 연민과 공감의 기제로 작동하고 있었는데, 「꽃은 떨어져 물 따라 흐르고」라는 작품에 이르러서는 그것이 예술적으로 승화됨으로써 순간과 영원을 통합하고 진정한 자아의 본질을 자각하는 데까지 나아가게 하고 있음을 확인할 수 있다. 그리고 이러한 자연의 예술화는 「집」이라는 작품에서 행해진 전통과 예술에 대한 의미와 가치의 통찰을 토대로 하고 있음을 알 수 있다. 이 시집의 초반부에 자연이 하나의 키워드로서 작동하고 있다면 시집의 후반부는 '전통'이 그 자리를 대신하는데, 삼국유사에서 전하는 향가와 그 다양한 설화에 대한 해석이 현재와 과거, 세속과 초월, 이승과 저승 등의 다양한 이원적인 대립의 세계를 통합하는 기제로 작동하게 된다.

3. 과거와 현재, 혹은 시공간의 경계 넘나들기

오늘은 초저녁도 되기 전에 웬일일까요?

노르스름하게 잘 익은 저 달 좀 보세요

에코백 큼지막한 것 하나 꺼내 주어요

살살 잘 담아서 서라벌 그때 주소

적어서 보내보겠어요

월명의 피리 소리 듣느라 가던 길 멈췄다던

그 달이 맞는지 물어보고 싶어요

한 천 년 묵었어도 여전히 푸른 바탕에 노르스름한

저 달! 그 달이 맞는지 물어보고 싶어요

천 년이 바로 엊그제처럼 닿을 듯이 가깝네요!

—「월명에게 안녕을」 전문

신라 경덕왕(742년~765년) 때에 피리를 잘 불었다는 월명사라는 스님이 빛이 고운 밤에 절 앞 큰길을 거닐며 피리를 불자 하늘을 떠가던 달이 스님의 아름다운 가락에 취해 길을 멈추었다는 『삼국유사』의 고사를 차용하면서 천 년 전의 달과 현재의 달을 비교하고 있다. 시인은 월명의 피리 소리에 멈추었던 달을 떠올리면서 "한 천 년 묵었어도 여전히 푸른 바탕에 노르스름한" 현재의 달을 그에 견주어 보면서 천년의 세월을 가늠하고 있다. 그러니까 "그 달"과 "저 달" 사이에는 천년이라는 시간이 개입하는 이질성이 있으며, 동시에 그 시간을 무화하는 동질성도 존재한다. 그래서 시인은 "천 년이 바로 엊그제처럼 닿을 듯이 가깝네요"라고 토로하게 되는 것이다. 그런데 시인에게 이처럼 천 년 전의 저 달과 천 년 후의 이 달을 동일시할 수 있게 하여 천년이라는 시간을 무화할 수 있는 기제는 바로 '월명사의 피리 소리'라는 설화라고 할 수 있다. 시인에게 고전은 천 년 전의 시간과 천 년 후의 시간을 서로 소통시키며 그 시간의 간격을 무화하는 힘을 지니고 있는 셈이다.

운문산 풀무치 상운암엔

늙은 비구 스님이 공양주라네

저 산 아래에서 지친 이들이 허덕이며 오르고

샘물 한 잔으로 입가심하고 나면

열무김치 머위나물 감자전 밥 한 상 수북하게 차려낸다네

쌀밥 한 수저 듬뿍 퍼서 입에 넣는 모습을 보면

'아이쿠 우리 부처님네 밥 맛나게 드시네' 헤벌쭉 웃으시네

암자 근처까지 곧잘 내려오는 바람 구름 떼는

호두알같이, 여물다가 쭈그러진 머리통을 살살 간질여 주네

낮달도 슬며시 끼어들어 밥 한술 얻어먹고 싶어지네

—「풍요風謠」 전문

이 작품은 "오는구나 오는구나 오는구나/ 오는구나 서럽구나 우리들이여/ 서럽기도 하구나/ 공덕 닦으러 오는구나"라는 신라 향가 「풍요風謠」를 패러디하고 있는 작품이다. 그런데 유한한 속세의 서러움과 구도를 위한 열정이라는 단순한 구도를 지닌 향가 「풍요」와 달리 이 작품은 세속과 출세간出世間이라는 이원적 대립을 무화시키는 시적 깊이를 지니고 있다.

운문산 상운암의 공양주인 “늙은 비구 스님”은 “저 산 아래에서 지친 이들”에게 “열무김치 머위나물 감자전 밥 한 상(을) 수북하게 차려”주는데, 그것을 먹는 모습을 보면서 “아이쿠 우리 부처님네 밥 맛나게 드시네”라고 하면서 “헤벌쭉 웃으”신다. 그러니까 상운암의 늙은 비구 스님은 허기를 면하기 위해서 허겁지겁 먹는 사람들의 모습에서 부처님의 모습을 발견한 것이다.

허기를 면하기 위해서 먹는 모습에는 이 세상의 다양한 가치에 대한 어떠한 집착이나 욕망이 틈입할 수 없기에 그것은 천진무구한 어린아이의 모습을 지니고 있고, 아무런 탐욕과 어리석음, 그리고 분노가 없기에 번뇌가 있을 수 없다. 시인은 이러한 모습에 대해서 부처님이라는 이름을 붙여준 것이다. 화엄에서 말하는 이법계理法界라든가 사법계事法界, 혹은 이사무애법계理事無礙法界 등의 어려운 진리를 꺼내지 않더라도 “암자 근처까지 곧잘 내려오는 바람 구름 떼”라든가 “호두알같이, 여물다가 쭈그러진 머리통” 등의 이미지는 진리와 미망, 혹은 세속과 출세간이 다른 것이 아님을 암시하고 있다는 것은 쉽사리 추론할 수 있다. 시인은 세속과 출세간을 구분하고 후자의 가치를 강조한 향가 「풍요」를 재해석해서 세간과 출세간이 둘이 아님을 암시하고 있는데, 이러한 장면은 시인에게 고전이 그러한 이원적인 대립을 통합하고 소통할 수 있는 기제로 작동하고 있음을 알 수 있다. 다음 작품은 저승과 이승의 구분이 무화되는 고전의 힘에 대해서 노래하고 있다.

> 사복蛇卜네 집에 문상을 갔던 원효가 그의 어머니 영전에서 기도를 하자 말이 번거롭다고 주인이 꾸중을 했다 다시 서둘러 '죽고 사는 것이 괴롭구나' 맘 가는 대로 한마디 하고 나니 가만히 듣고 있었다 둘이서 상여를 매고 산 밑에 갔다 사복蛇卜이 기도를 마치고 나서 띠풀을 뽑자 그 안 땅속에 연화장세계蓮華藏世界가 펼쳐졌다 눈 깜짝할 사이도 없이 홀어머니와 아들로 살던 그 둘이 사라져 버렸다 마치 뭐에 홀린 것만 같았다 터덜터덜 혼자서 고선사高仙寺 절로 돌아오며 아무리 생각해도 죽고 사는 일이 쉽지만은 않았다.
>
> —「원효, 꾸중을 듣다」 전문

사복이라는 도를 닦는 처사가 있었다는 것, 그런데 갑자기 어머니가 돌아가셔서 장례를 치르게 되었다는 것, 그리하여 사복의 친구인 원효가 영전 앞에서 기도를 올리게 되었다는 것, 하지만 그 기도가 번거로워서 사복에게 꾸중을 들었다는 것, 그리고 상여를 매고 산에 가서 사복이 띠풀을 뽑자 땅이 갈라지고 부처님이 사신다는 장엄한 세계가 펼쳐졌다는 것, 그런데 사복은 홀어머니와 함께 홀연히 그 세계로 사라지고 땅이 다시 합쳐지자 원효는 혼자 돌아왔다는 『삼국유사』의 서사가 재해석되고 있다. 원효가 꾸중을 들은 기도의 번거로운 말이란 "태어나지 말지어다, 죽기가 괴롭다. 죽지 말지어다, 태어나기가 괴롭다."라는 것이었다고 한다. 그래서 원효는 짧게 줄여서 "죽고 사는 것이 괴롭구나"라는 구절로 요약한다. 번거로운 말에서 태어남과 죽음이 서로 분리되어 있다면, 요약된 말에서 죽고 사는 것이 '괴로움'이라는 속성 하나로 통합된다.

사복이 죽은 어머니와 함께 연화장세계 속으로 사라져 버린 사건 또한 삶과 죽음이 다른 것이 아님을 함축한다. 사복은 도의 경지가 높아서 부처님이 설파한 진리를 깨우치고 있었다고 볼 수 있는데, 그가 죽은 어머니와 함께 연화장세계로 사라진 것은 곧 삶과 죽음이 둘이 아니라는 부처님의 진리 세계로 귀의한 것으로 해석할 수 있다. 물론 원효는 "아무리 생각해도 죽고 사는 일이 쉽지만은 않았다"라고 생각하지만, 이러한 원효의 생각은 속세에 묻혀 사는 우리와 같은 사람의 처지를 대변한 것일 수 있다. 그러나 사복은 그러한 원효의 경지를 뛰어넘어 우리에게 삶과 죽음이 부처님의 세계에서 둘이 아님을 실천으로 보여주고 있는데, 시인은 이를 다시 받아쓰면서 고전이라는 전통이 세속과 출세간, 혹은 삶과 죽음 등의 이원적 대립을 초월하는 길을 제시할 수 있음을 보여준다. 마지막으로 시공의 경계를 자유롭게 넘나드는 고전의 재해석을 시화한 작품을 읽어보자.

베네치아 산마르코 광장 건너편 상점에서

처용을 꼭 닮은 가면을 만났다

기다란 얼굴과 콩코드 코를 닮은 가면을 쓰고

세상을 바라보면 꿈속인 듯이 서라벌 밤하늘이 펼쳐졌다

그 하늘 아래에서는 내 몸뚱이가 이슬인 듯이

내 마음이 투명한 공기인 듯이

사방 천지의 경계가 눈 녹듯이 사라졌다

바람에 실려 오는 천 년을 묵은 해조음만이 아련했다.

—「현자, 처용」 전문

"서울 밝은 달에 밤 들어 노니다가/ 들어와 잠자리 보니 다리가 넷이어라/ 둘은 내 것인데 둘은 누구 것인지/ 본디 내 것이다마는 앗아간 걸 어찌할까"라는 향가 「처용가」의 내용을 빌어 그것의 현대적 의미를 음미하고 있다. 향가 「처용가」의 주제는 적까지 감싸 안는 포용력인데, 이처럼 종교적 차원으로 승화된 살신성인殺身成仁의 경지로 인해서 처용은 역신을 물리치는 주술적 숭배의 대상이 되기도 한다. 이 작품은 그러한 처용의 가면을 이탈리아의 베네치아에서 발견하고 처용이 상징하는 용서와 포용의 정신이 동서고금이라는 시간적, 공간적 경계를 무화할 수 있음을 시사하고 있다.

좀 더 구체적으로 살펴보면, "가면을 쓰고/ 세상을 바라보면 꿈속인 듯이 서라벌 밤하늘이 펼쳐졌다"는 표현은 공간의 무화를 암시하고 있으며, "바람에 실려오는 천 년을 묵은 해조음만이 아련했다"는 구절은 시간의 해체를 시사하고 있다. 그리고 이러한 시공간의 경계에 대한 해체는 "사방 천지의 경계가 눈 녹듯이 사라졌다"는 대목에서 통합되는데, 이러한 표현은 곧 온 우주의 통합과 조화를 함축한다. 그러니까 현자인 처용이라는 인물이 내포하고 있는 관용과 포용력의 도량은 모든 구분과 경계, 그리고 한계와 범주를 초월할 수 있는 궁극적인 가치를 지니고 있음을 강조하고 있는 것이다. 이 작품이 향가인 「처용가」에 대한 재해석이자 패러디라는 것을 생각해 보면, 시인은 고전의 세계를 통해서 현재의 분열과 차별, 그리고 혐오와 증오의 문제를 해결할 수 있는 방법을 발굴하고 있는 셈이다.

지금까지 이영신 시인의 여덟 번째 시집의 시세계를 조명해 보았다. 압축과 절제의 시 형식을 통해서 함축적인 시상을 전개하고 있는 시인의 작시술은 현대적 욕망의 세계로부터 거리를 두려는 시의식을 반영하는데, 이러한 시의식으로 인해서 있는 그대로의 자연이 주요한 시적 제재로 등장했다. 그리고 이러한 자연은 삶의 곤궁과 곤혹을 위로하고 치유하는 기제로 작동하는데, 탈속의 자연은 피폐한 현대인의 영혼에 연민과 공감을 제공하고 있었다. 그리고 자연은 놀랍게도 예술적 경지로 승화될 때, 종교적 신성의 영역을 보이기도 하며 진정한 자아의 발견이라는 깨달음을 야기하기도 했다. 시집 후반부에는 자연이 했던 역할을 고전의 세계가 대체하는데, 고전은 시간과 공간의 경계를 비롯하여, 세속과 출세간, 삶과 죽음, 이승과 저승 등의 이원적 대립을 해체하고 무화함으로써 영혼을 정화하고 종교적 깨달음에 이르게 하는 계기를 제공하고 있었다. 자연에 대한 해석과 고전에 대한 재해석이 피폐한 현대인의 삶에 자양분을 제공하고 정화할 수 있음을 보여주는 의미 있는 시집이라 평가할 수 있다.▨

| 이영신 |

충남 금산에서 태어났다. 덕성여대 도서관학과를 졸업했고, 성균관대학교 대학원에서 동양철학전공 박사 과정을 수료했다. 1991년『현대시』로 등단하였으며, 시집으로『망미리에서』『죽청리 흰 염소』『부처님 소나무』『천장지구』『저 별들의 시집』『오방색, 주역 시』『시간의 만화경』이 있다. 2009년 한국시문학상을 수상했다. 현재 '향가시회' 동인으로 활동 중이다.

이메일 : forest1888@hanmail.net

현대시 기획선 120
옷 벗기는 남자

초판 인쇄 · 2025년 1월 5일
초판 발행 · 2025년 1월 10일
지은이 · 이영신
펴낸이 · 이선희
펴낸곳 · 한국문연
서울 서대문구 증가로29길 12-27, 101호
출판등록 1988년 3월 3일 제3-188호
편집실 | 서울 서대문구 증가로31길 39, 202호
대표전화 302-2717 | 팩스 · 6442-6053
디지털 현대시 www.koreapoem.co.kr
이메일 koreapoem@hanmail.net

ISBN 978-89-6104-378-6 03810

값 12,000원